DESAMPARADO

YANILIZ NEGRÓN

DESAMPARADO

Autora: Yaniliz Negrón

A mis leales compañeros Grindle y Firulais—
Por cada huella en mi corazón,
por cada consuelo silencioso que has dado sin pedir nada a cambio.
Me enseñaste el significado del amor incondicional.
de paciencia, de confianza.
Esta historia es para ti.

1
COMIENZOS ODIOSOS

Me movía en silencio por el bosque, una sombra que se entrelazaba sin esfuerzo entre los gruesos troncos y la exuberante maleza. El aire nocturno estaba denso, lleno de aromas que solo mis sentidos agudizados podían distinguir: tierra húmeda, agujas de pino crujientes y el sutil aroma de una presa en algún lugar adelante. Mis patas golpeaban el suelo suavemente, cada paso preciso, cada movimiento calculado. Mi pelaje era de un gris oscuro, rico y profundo como las nubes de tormenta al anochecer, con suaves franjas blancas recorriendo mi pecho y vientre. Como cambiaformas de lobo, el sigilo y el poder eran mis derechos de nacimiento. Pero aún más que eso, mi existencia estaba marcada por una profunda soledad, una que prefería por encima de todo.

Me detuve, con las orejas erguidas, escuchando atentamente. Un susurro distante me alertó, y de inmediato cambié de posición, agachándome, los músculos lisos bajo mi pelaje tensándose. El mundo era más sencillo así—libre de pretensiones y manipulaciones humanas. Humanos. Mi labio se retorció en un silencioso gruñido ante solo el pensamiento. Débil, egoísta, impulsado por una avaricia interminable. Mi desdén no era infundado; estaba tallado a partir de recuerdos dolorosos y cicatrices que iban mucho más allá de mi carne.

Hace mucho tiempo, aprendí que la confianza era un lujo que no podía permitirme. Me habían traicionado, utilizado y desechado por la misma especie que proclamaba su superioridad sobre la naturaleza, pero que no lograba entender las verdades más simples de la lealtad y el honor. Había visto crecer sus ciudades, tragándose bosques y corrompiendo ríos. Su contaminación envenenó los cielos y las aguas, su presencia, una enfermedad que se propagaba sin control. Destruyeron todo lo que tocaban, ajenos al equilibrio que alteraban. Los odiaba por eso.

Mi estómago gruñó, trayendo mis pensamientos de vuelta al presente. La caza de esta noche era necesaria, una necesidad primitiva de alimentarse, sobrevivir y prosperar lejos de su civilización contaminada. Con renovada determinación, avancé rápidamente, cerrando la distancia con mi presa. El olor de un ciervo era fresco, inconfundible. Mi corazón latía con anticipación, y en cuestión de momentos, vi a la criatura: un gran ciervo pastando despreocupadamente en un claro iluminado por la luna.

Me deslicé hacia adelante, mis sentidos agudos, cada músculo tenso como un resorte listo para liberar una fuerza mortal. En ese instante, me sentí perfectamente sintonizado con la naturaleza salvaje. Esta era la vida en su forma más pura, la supervivencia del más fuerte, intocable por la interferencia humana. Con un poderoso impulso, salté de mi escondite, cubriendo la distancia entre nosotros en un abrir y cerrar de ojos. El ciervo salió disparado; sus instintos lo impulsaban hacia adelante, pero yo era más rápido, más fuerte. Mis mandíbulas se cerraron alrededor de su cuello, otorgando una rápida misericordia.

Mientras la vida se desvanecía de la criatura debajo de mí, una repentina inquietud me recorrió la espalda. Algo estaba mal. El instinto me advirtió antes de que entendiera por qué. Un sonido—un leve clic metálico—rompió la serenidad de la noche. Mi cabeza se levantó de golpe, las orejas girando, buscando la amenaza. El viento cambió de repente, trayendo un olor acre que me quemó las fosas nasales.

Humanos.

La realización me llegó segundos demasiado tarde. Luces brillantes explotaron alrededor del claro, desorientadoras y deslumbrantes. El dolor se cortó en mi costado, y agudo y mordaz, mientras una trampa se cerraba, desgarrando carne y músculo. Aullé de agonía, la rabia alimentaba mi lucha mientras me retorcía desesperadamente, intentando liberarme. Otro dolor agudo golpeó mi hombro—un dardo o una bala, no podía decirlo en medio de la confusión.

"¡Lo tengo!" Escuché una voz gritar triunfalmente desde más allá de las luces deslumbrantes.

Mi visión se nubló, la sangre bombeaba furiosamente en mis oídos. Las voces humanas se hicieron más fuertes, el hedor de su sudor y adrenalina abrumador. El miedo se apoderó de mí, mezclándose peligrosamente con la furia. Me negué a convertirme en su víctima, en su trofeo. Reuniendo cada onza de fuerza que me quedaba, me lancé al ataque, con las mandíbulas cerrándose furiosamente, las garras desgarrando los dientes de metal incrustados en mi flanco.

Con un último y desesperado tirón, me liberé, desgarrando carne en el proceso, mi sangre derramándose sobre el suelo del bosque. El dolor se irradiaba por cada nervio, cegándome con una neblina roja. Me tambaleé, impulsado únicamente por el instinto y una determinación cruda de no caer.

"¡No lo dejen escapar!" gritó otra voz, con pánico y enfado. Mis piernas se doblaron bajo mí mientras cojeaba hacia adelante, cada paso era una agonía. Me empujé hacia adelante, los sentidos embotándose rápidamente. Algo golpeó mi cabeza, una fuerza brutal que hizo que estrellas explotaran en mi visión. Mi conciencia tambaleaba peligrosamente, la realidad desvaneciéndose y reapareciendo.

De alguna manera, a través de la pura desesperación, seguí moviéndome, tropezando hacia adelante, tambaleándome entre los árboles. Mi mente nublada, los recuerdos dispersos como hojas en una tormenta violenta. ¿Quién era yo? ¿Qué estaba pasando? El olor a sangre—mi sangre—llenaba el aire, guiándome a ninguna parte. Cada respiración se convirtió en un esfuerzo hercúleo, cada latido más débil que el anterior.

Los minutos se arrastraban en horas, o quizás meros segundos se estiraban hasta la eternidad.

Mis pensamientos se fragmentaron, visiones desarticuladas destellaron en mi mente—imágenes de traición, dolor, soledad. Voces resonaban, distantes pero familiares, burlándose de mi confusión.

Seguí arrastrándome hacia adelante hasta que, por fin, los árboles se abrieron, revelando un camino oscuro y desierto. Incapaz de aguantar más, mis piernas cedieron bajo mí. Me desplomé pesadamente sobre el duro y despiadado asfalto, la oscuridad tirando de mí, envolviendo su frío abrazo alrededor de mi cuerpo maltrecho. El mundo se me escapó de las manos, desvaneciéndose en la nada mientras me dejaba llevar por la inconsciencia, incierto de si alguna vez volviese a despertar.

2
UN SALVADOR FRÁGIL

La noche siempre me había reconfortado. El silencio, la quietud—sin gente ajetreada, sin miradas juzgadoras. Solo el zumbido del motor bajo mis manos y las estrellas sobre mí. Mi turno en el restaurante se había alargado de nuevo, y el agotamiento se asentó profundamente en mis huesos.

No me importó.

No había mucho esperándome en casa. La mayoría de las personas no entendían el tipo de soledad que te sigue incluso cuando alguien comparte tu casa. Lo había aprendido de la manera más ardua.

Hace años, había estado en un lugar más oscuro. Rota de más de una manera. Mis padres se han ido. Las deudas se acumulan más de lo que puedo manejar. Sin una familia real en la que apoyarme. Era joven, desesperada y luchando por mantenerme a flote. Fue entonces cuando conocí a Freddy.

Era mayor. Seguro de sí mismo. Al principio, parecía una tabla de salvación: un hombre que me notó cuando nadie más lo había hecho. Tenía dinero, conexiones. Prometió seguridad y apoyo. Y durante un tiempo, cumplió. Pagó a mis cobradores de deudas. Me dio un lugar donde quedarme. Puso comida en la mesa. Era más de lo que pensaba que merecía en ese momento.

Pero la amabilidad de hombres como Freddy siempre venía con condiciones.

Tan pronto como la tinta de mis deudas se secó, la máscara se deslizó. Se volvió posesivo. Controlador. Rápido para enojarse. La primera vez que me golpeó, juró que nunca volvería

—

5

a suceder. Que solo había estado estresado. Que me amaba. Y quería tanto creerle porque no sabía a dónde más ir.

No tenía adónde más ir.

Y los golpes nunca se detuvieron.

Ahora, años después, las cosas eran... tolerables, la mayoría de los días. Freddy pasaba largas temporadas fuera en viajes de negocios. Le gustaba el control, pero odiaba la monotonía. Sus ausencias eran mi única verdadera libertad.

Como esta noche.

Con él fuera, la casa estaría tranquila cuando llegara a casa. Sin palabras duras. Sin miradas de juicio. Solo yo, las paredes chirriantes y el dolor de otra larga jornada soportada.

El pensamiento no me trajo alegría, pero sí alivio.

Apreté el volante mientras los faros barrían la carretera delante de mí. El pueblo se había vaciado hace horas, dejando solo el frío aire nocturno y el tramo de asfalto entre el restaurante y mi casa.

Estaba tan cansada que me dolían los huesos. Mientras conducía por los sinuosos caminos secundarios hacia mi pequeña casa escondida cerca del borde del bosque, los faros abrían un camino a través de la oscuridad. La radio sonaba suavemente, una canción sobre oportunidades perdidas y esperanzas frágiles. Apropiado.

Entonces, algo en el borde de la carretera llamó mi atención.

Al principio, pensé que era solo escombros. Pero la forma era demasiado grande. Demasiado quieto. Mi respiración se detuvo mientras desaceleraba el coche, orillándome en el arcén de grava. Mis manos frágiles se apretaron en el volante por un momento antes de que me obligara a soltarlas.

Un lobo.

Yacía extendido sobre el asfalto, la sangre oscureciendo el pelaje a lo largo de su costado. El tamaño del animal hizo que mi corazón latiera con fuerza. Este no era un lobo normal. Para nada. Su cuerpo subía y bajaba superficialmente—todavía vivo, pero apenas.

El miedo me erizaba la piel. Cada instinto me gritaba que volviera al coche. Para alejarme.

Pero algo más fuerte surgió.

Compasión.

"Ay no," susurré, empujando la puerta. El aire frío de la noche me mordió la cara al salir, pero apenas lo sentí. Vacilé junto a la puerta, con las manos temblando.

No lo hagas, la voz de Freddy resonó en mi cabeza. Es solo un animal. No es tu problema. Sigue caminando. Siempre sigue caminando.

Y siempre lo he hecho.

Tantas veces a lo largo de los años me había obligado a apartar la vista. Animales heridos en la carretera. Gatitos hambrientos detrás del restaurante. Incluso una vez, un perro estaba gimiendo en un estacionamiento con una pierna rota. Freddy dejó claro desde el principio: mi amabilidad era debilidad. Ayudar a los animales era una pérdida de tiempo y dinero. "No podemos permitirnos ser unos blandos", solía burlarse.

Había escuchado porque no tenía otra opción.

Pero esta vez no.

No esta noche.

Freddy no estaba presente. Su juicio no estaba aquí. Solo yo. Y este lobo.

Cuanto más me acercaba, más claro se hacía el daño. Profundas heridas marcaban el flanco del animal. La sangre enmarañaba el pelaje. Una de sus patas se torció de manera antinatural. Sus respiraciones eran superficiales, entrecortadas. Debería llamar a alguien, pensé.

¿Pero quién? ¿Control de animales? ¿Cazadores? No lo ayudarían. Probablemente lo sacrificarían o, peor aún, lo tratarían como un trofeo.

Me arrodillé junto a la criatura. "Oye, oye... está bien. No te voy a hacer daño."

Mi voz temblaba. No por miedo a él, sino por miedo a que ya fuera demasiado tarde.

Los ojos dorados del lobo se abrieron una fracción. Incluso a través del dolor, ardían con algo... inteligente. Como si pudiera ver a través de mí, más allá de la fragilidad y el miedo, hasta la terquedad y la imprudente bondad que nunca pude suprimir del todo.

"No puedo dejarte aquí." Me mordí el labio. "No sé si puedes oírme, pero vas a tener que confiar en mí."

Era ridículo, hablar con un lobo así.

Pero no gruñó. No se inmutó.

Me quité el abrigo y se lo puse suavemente sobre los hombros. "Solo aguanta, ¿vale?"

La siguiente parte fue una pesadilla. No era fuerte. Años de enfermedad me habían dejado frágil, fácilmente agotada. Pero la adrenalina era una cosa extraña. Pulgada a pulgada, con agonía, logré arrastrar al lobo hacia el coche. Mis músculos gritaban en protesta. Tuve que hacer pausas más de una vez, apoyando mi frente contra su pelaje, jadeando por aire.

"Ya casi llegamos," susurré con voz ronca. "No me abandones ahora."

Finalmente, lo arrastré al asiento trasero con un último esfuerzo desesperado. Su peso casi me aplastó. Me deslicé detrás del volante, me limpié el sudor de la frente y arranqué el coche.

Solo había una persona a la que podía recurrir.

***

"¿Qué hiciste?"

La voz de Anthuan estaba entre la incredulidad y la exasperación.

"Lo encontré en la carretera," dije, jadeando mientras empujaba la puerta trasera de la clínica veterinaria. "Está en mal estado, Anthuan. No podía simplemente dejarlo."

Anthuan se pasó una mano por el cabello rubio claro. Su delgada figura siempre le hacía parecer más alto de lo que era, y las grandes gafas que sombreaban sus afilados ojos azules le daban un aire pensativo y estudioso. Todavía llevaba la misma chaqueta de cuero desgastada de nuestros días de escuela. Nos conocíamos desde la infancia, nuestro vínculo forjado a través de años de luchas compartidas y un entendimiento silencioso, aunque su rostro había adquirido la fatiga de alguien que ha visto demasiado. "Isadora... es un animal salvaje."

"Por favor," supliqué. "Solo míralo. Si alguien puede salvarlo, eres tú."

Él dudó, luego suspiró. "Está bien. Tráelo."

Me costó todo lo que me quedaba ayudar a Anthuan a poner al lobo sobre la mesa de examen. Anthuan se inclinó sobre él, el ceño fruncido en concentración.

"Esto... esto no es normal," murmuró. "El tamaño solo... es más grande que cualquier lobo que he tratado. Y estas heridas... son de trampas, pero sobrevivió a cosas que deberían haberlo matado de inmediato."

"¿Entonces puedes ayudarlo?"

Anthuan miró hacia arriba, y por primera vez, su expresión severa se suavizó. "Haré lo mejor que pueda. Por ti."

El alivio me inundó con tanta fuerza que mis rodillas casi se doblaron. "Gracias."

Mientras Anthuan preparaba sus instrumentos, yo me quedé al lado del lobo, apoyando una mano temblorosa suavemente en su pelaje sin heridas. "Vas a salir adelante," susurré. "No me importa lo que cueste. No voy a rendirme contigo."

Los ojos del lobo se abrieron de nuevo. Se fijaron en los míos con una intensidad que me recorrió la espalda.

Él aún no lo sabía.

Pero yo tampoco.

3
CURA

Desperté con el agudo y estéril olor de los antisépticos y voces desconocidas. Todo mi cuerpo dolía, como si el fuego hubiera atravesado mis venas. La debilidad se aferraba a mí como una segunda piel. El instinto exigía que me levantara, corriera, luchara. Pero cuando intenté moverme, una agonía recorrió mi costado y mi pierna, forzando un gemido ahogado de mi garganta. Podía escuchar el sonido de los animales alrededor.

El pánico se apoderó.

¿Dónde estaba?

Mis ojos se abrieron de golpe, ajustándose a la dura luz artificial. Las paredes eran pálidas, estériles. Las máquinas zumbaban suavemente. No estaba en el bosque. No en mi territorio.

Humanos.

El olor era inconfundible. Miedo, sudor, el agudo sabor de sus extrañas medicinas. Mi respiración se aceleró, el pecho se agitaba con el esfuerzo. Estaba rodeado. Vulnerable. Enjaulada.

Pero a medida que la niebla en mi mente se despejaba, me di cuenta de algo aún peor. No podía transformarme. La conexión con mi forma humana—el puente entre lo salvaje y lo civilizado—se había ido.

Era como si la misma fuerza que me había definido hubiera sido despojada. Un sarcasmo amargo, sin duda, de cualquier fuerza cruel que gobernara el destino. El mundo está conspirando contra mí, castigándome por mi odio hacia los humanos.

Y ese odio no estaba sin razón. Me había moldeado. Me definió.

Los humanos temían lo que no podían entender. Cazaban lo antinatural, lo extraordinario. No podían comprender seres como yo.

Una vez, confié en un humano. Creí en su compasión. Y cuando se reveló mi naturaleza, ella se había echado atrás. Se alejó. Me abandonó. Tal como lo habían hecho el resto de los de su especie.

Ahora, el destino había retorcido el cuchillo más profundo. Me dejó atrapado en la forma que los humanos más temían.

La conexión con mi forma humana—la parte de mí que unía lo salvaje y lo civilizado—se rompió. Era como alcanzar un miembro que ya no existía.

El pánico se convirtió en rabia. Mostré los dientes e intenté ponerme de pie, pero mis piernas me traicionaron, temblorosas y débiles. El más mínimo movimiento enviaba nuevas oleadas de dolor recorriendo mi cuerpo maltrecho.

Se acercaban pasos. Me quedé quieto, los sentidos agudizados a pesar de mis heridas.

Dos figuras entraron en la habitación. La mujer... y el hombre. Los mismos humanos que me habían encontrado. Mi memoria parpadeaba como una llama moribunda, fragmentos del arcén, sus manos llevándome a la seguridad. Su aroma—limpio, suave, con un toque de tierra y flores silvestres—permanecía en el aire.

El hombre habló primero. "Los signos vitales están estables. Eso es una buena señal."

Su voz era tranquila, pero llevaba una nota de curiosidad. Su figura era delgada, su cabello rubio claro despeinado, enormes gafas proyectando sombras sobre unos perceptivos ojos azules.

La mujer, pequeña, frágil, pero con ojos llenos de determinación, se mantenía cerca de la mesa. "¿Cómo está hoy, Anthuan?" preguntó suavemente, volviéndose hacia él.

"Mejor de lo esperado," respondió el hombre. "Sus heridas están sanando rápido. Demasiado rápido, honestamente. Nunca he visto nada igual."

"Eso es bueno, ¿verdad?" preguntó, con la voz teñida de esperanza.

Es... notable. Pero plantea preguntas. Anthuan se ajustó las gafas y se inclinó para examinar mi costado. "La mayoría de los lobos no sobrevivirían a heridas como estas."

Exhaló lentamente y metió la mano en una bolsa. "Le traje algo de comida."

Me tensé cuando ella sacó un trozo de carne, fresco y crudo. El hambre me carcomía, pero me negué a aceptar comida de manos humanas. Gruñí suavemente, mostrando los colmillos.

No se inmutó. En su lugar, se arrodilló a mi lado. "Sé que tienes miedo. Has pasado por malas situaciones. Pero ahora estás a salvo. Lo prometo."

¿Seguro? No. Esto era cautiverio. Dependencia. Todo lo que había despreciado y evitado. Sin embargo, incluso mientras la resentía, una extraña calidez se agitaba dentro de mí—una sensación confusa e indeseada. Su voz despertó algo desconocido en mí. No era el tono que los depredadores usaban para calmar a sus presas. Tampoco era compasión. Era... sinceridad.

A medida que se inclinaba más cerca, noté cómo sus ojos marrones brillaban a la luz, casi con un rico color caramelo que suavizaba su expresión decidida.

Su cabello castaño claro caía suavemente por su espalda, mechones sueltos enmarcando su rostro con una gracia sin esfuerzo.

Sus rasgos eran simples pero hermosos, del tipo que hablaba de una resiliencia tranquila en lugar de vanidad. Un par de gafas de estilo felino descansaban sobre su nariz, dándole un aire pensativo y suave.

"Isadora," dijo Anthuan suavemente. "Ten cuidado."

Mis oídos se agudizaron al escuchar su nombre.

Isadora.

"Él parece más tranquilo a mi alrededor," respondió ella, colocando la carne a mi alcance, pero sin forzarla. "Creo que está empezando a confiar en nosotros."

Confianza.

Un concepto humano tonto.

Aun así, el hambre me carcomía por dentro. Contra mi mejor juicio, devoré la carne. Ella sonrió débilmente, las sombras bajo sus ojos se profundizaron con alivio.

Día tras día, se repetía el mismo patrón.

Isadora visitaba todas las mañanas y todas las noches. Me hablaba como si entendiera sus palabras. Sus manos eran suaves, su toque ligero mientras limpiaba mis heridas y ponía vendajes frescos. El aroma de ella llenó la habitación, ahuyentando la fría esterilidad de la clínica.

Anthuan se mantuvo vigilante pero respetuoso, nunca tratándome como una mera bestia. Sus ojos contenían preguntas. Podía sentir los cálculos detrás de ellos.

Una noche tarde, los escuché hablando mientras pensaban que yo dormía.

"No es como ningún lobo que he encontrado," dijo Anthuan, con la voz baja. "La velocidad de curación, la densidad muscular, incluso la inteligencia en sus ojos... Es extraordinario. Casi..."

"¿Casi qué?" Isadora susurró.

"Casi humano."

La palabra me golpeó como un puñetazo. Cerré los ojos, fingiendo dormir. No podían saberlo. No deben saberlo.

Intenté recordarme todas las razones por las que odiaba a su especie. Su destrucción. Sus traiciones. Pero cada día en su presencia desgastaba mi certeza.

Una mañana, mientras Isadora me cambiaba las vendas, sus dedos rozaron mi pelaje más de lo necesario.

"Te llamare Iskandar," dijo suavemente. "Significa 'defensor de la humanidad.' Se sentía... apropiado. Incluso si aún no lo crees."

Iskandar.

Casi gruñí ante la ironía. Un nombre que me ataba a la misma especie que despreciaba. Pero mientras sus dedos se detenían con un cuidado que no merecía, no podía rechazarlo.

En su lugar, la observé. La observé. Aprendí la cadencia de su voz, la sutil fatiga en su sonrisa. Sus manos llevaban diminutas cicatrices—prueba de luchas pasadas. No era una depredadora. Ninguna amenaza.

Ella era... algo más.

No quería entender. Pero estaba empezando a hacerlo.

Y eso me asustó más que cualquier trampa o bala jamás lo hubiera hecho.

4
EL VINCULO

Los días se difuminaban en un ritmo tranquilo y repetitivo. La clínica estéril se había convertido en un extraño santuario, pero también en una prisión. Mi fuerza regresó gradualmente, el fuego en mis músculos se reavivó mientras mis heridas se cerraban más rápido de lo que Anthuan o Isadora podían explicar. Aun así, no podía transformarme. El puente a mi forma humana seguía roto, un recordatorio constante y mordaz de mi vulnerabilidad.

Las visitas de Isadora se convirtieron en la constante de la que me apoyaba a regañadientes. Su voz suave. El suave toque de sus dedos. El aroma de las flores silvestres y la tierra cálida parecía adherirse a ella cada vez que entraba en la habitación. Nunca forzaba la cercanía, sin embargo, su presencia llenaba el espacio más que cualquier jaula o pared.

Pero las cosas estaban cambiando. La clínica no era hogar para ninguno de los dos.

***

"Anthuan," dijo Isadora una tarde, "es demasiado grande para quedarse aquí mucho más tiempo. No puedo dejarlo vivir así."

Anthuan frunció el ceño, con los brazos cruzados, las gafas deslizándose por su nariz. "Isadora... no es una mascota. Es un animal salvaje. Has hecho más de lo que cualquiera haría."

"No es solo un animal cualquiera," argumentó ella con suavidad, pero con firmeza. "Lo siento. Hay algo más en él. No puedo explicarlo."

Escuché desde la esquina de la habitación, fingiendo dormir. Sus palabras golpearon algo profundo dentro de mí. Algo peligroso.

Anthuan suspiró pesadamente. "¿Qué dirá Freddy cuando encuentre un lobo en tu casa? Lo has mantenido alejado durante semanas, pero volverá pronto."

Freddy.

El nombre provocó un bajo y primitivo gruñido en mi garganta. Nunca lo había conocido, pero incluso al escuchar su nombre me llenaba de inquietud.

"Yo me encargaré de Freddy," respondió Isadora. Su voz era tranquila, pero una sombra cruzó sus ojos color caramelo.

La mirada de Anthuan se endureció. "Eso es lo que siempre dices. ¿Pero qué pasa si reacciona de manera peligrosa? ¿Qué pasa si es como la última vez?"

Los hombros de Isadora se tensaron. "No volverá a suceder."

"Izzy." Su voz se suavizó, usando el nombre de la infancia que rara vez pronunciaba ahora. "No debería haber pasado la primera vez." No deberías ni siquiera estar con él.

Ella desvió la mirada, envolviéndose los brazos alrededor de sí misma. "Yo puedo manejarlo."

"No." Sobrevives. Eso no es lo mismo. Los ojos azules de Anthuan destellaron detrás de sus gafas. "He visto las cicatrices, Isadora. No finjas que no los he visto. Las escondes como si no existieran, pero las veo cada vez que te alejas de un toque."

El silencio se extendió entre ellos.

"No dije nada antes porque pensé que tal vez las cosas cambiarían," continuó. "Pero no lo han hecho. Y ahora has traído a alguien vulnerable a la casa. Si Freddy se desquita—con el lobo o contigo—no me quedaré de brazos cruzados."

Su voz titubeó. "No te estoy pidiendo que lo hagas."

Anthuan se quitó las gafas y se pellizcó el puente de la nariz. "Confío en ti, Izzy. Pero yo no confío en él. Y tú tampoco deberías hacerlo."

"Prometo que tendré cuidado."

"Siempre has sido terco."

"Siempre."

* * *

Moverme no fue fácil. Incluso con la ayuda de Anthuan, Isadora se esforzaba con el esfuerzo, su fragilidad evidente en cada músculo tembloroso. Sin embargo, se negó a dejarme caminar sola o ser transportada como carga. Ella insistió en ser parte de cada momento.

Su casa era pequeña pero acogedora. El aroma de las hierbas y los libros viejos llenaba el aire. Había preparado un espacio en la sala de estar, suaves mantas extendidas por el suelo junto a una chimenea.

"No es mucho," susurró mientras me guiaba adentro, "pero es tuyo por ahora."

Resistí la tentación de retroceder. La cercanía a los humanos—sus olores, sus sonidos—era sofocante. Pero cuando ella puso su mano en mi cabeza, rascando suavemente detrás de mis orejas, una tensión primitiva se alivió.

Pasaron los días.

Una noche, algo cambió.

Yacía estirado cerca de la chimenea, el calor aliviando el persistente dolor en mi pierna. Isadora se movía por la casa, creyendo que yo estaba dormido. No lo estaba.

Entró en su dormitorio y dejó la puerta entreabierta. Mis oídos agudos captaron el suave susurro de la ropa. La curiosidad—un viejo y peligroso hábito—se despertó en mí. Moví la cabeza lo suficiente como para vislumbrar a través de la rendija.

Isadora estaba de pie junto a la cómoda, de espaldas a mí. Se quitó la camisa y los jeans con movimientos lentos y cansados. Su cuerpo no era la belleza perfecta y retocada que los humanos parecían adorar. Tenía pechos promedio, una suave curva en su vientre y caderas anchas que equilibraban su delicada figura. Pero a mis ojos, había un atractivo en cada línea y forma. Fuerza en su suavidad.

Sin embargo, no fue el deseo lo que me congeló.

Eran las cicatrices.

Una larga cicatriz recorría sus costillas. Otra marcaba la parte posterior de su hombro. El tercero, una marca pálida, cruzaba su clavícula.

Me quedé sin aliento. Un gruñido silencioso se alzó dentro de mí—no hacia ella, sino hacia las implicaciones.

Siempre se movía con cuidado, siempre se frotaba el costado cuando pensaba que nadie la veía. No eran las marcas de accidentes o lesiones descuidadas. Contaban una historia de dolor, de supervivencia.

Odiaba los pensamientos que surgían. Odiaba la imagen de ese hombre—Freddy—que aún no había conocido, pero cuyo aroma ya activaba mis instintos. Por la forma en que Anthuan hablaba de él, por las constantes evasivas de Isadora y sus palabras tranquilas que ocultaban algo más profundo, sospechaba que Freddy no era una presencia gentil en su vida.

Bajé la cabeza de nuevo a mis patas, con los músculos tensos.

El deseo de protegerla se estaba convirtiendo en algo afilado. Algo peligroso.

Comencé a entender que el odio ya no era la única emoción que ardía en mí.

Su amabilidad no era debilidad.

Era un desafío. La obstinada negativa a dejar que las dificultades de la vida la volvieran cruel o amarga.

Y observé. Y aprendí.

La noche siguiente, mientras la luz de la chimenea proyectaba sombras titilantes por toda la habitación, ella trajo vendajes frescos y un cepillo diminuto. Esperaba a Anthuan, pero esta noche solo estaba ella.

"Vamos a cambiarlos, guapo", murmuró con una sonrisa, arrodillándose a mi lado. Su respiración era un poco entrecortada por el esfuerzo, pero sus manos estaban firmes.

Desenvainó cuidadosamente las viejas vendas, sus dedos rozando mi pelaje con delicada precisión. Las heridas casi se habían cerrado; sin embargo, ella las trataba como si aún estuvieran crudas. Como si yo todavía fuera frágil.

Me tensé por costumbre. Todo en mí gritaba por alejarme. Para gruñir. Mantener la barrera firme entre su mundo y el mío.

Pero su toque era cálido. Suave.

Terminó de vendar las heridas, luego tomó el cepillo. "Esto podría ayudarte a relajarte." Anthuan dijo que mantendría tu pelaje saludable. Espero... que no te importe.

La observé con cautela mientras acercaba las cerdas a mi pelaje. La primera pasada fue tentativa. Ligero. Pruebas.

El instinto hizo que mi labio se contrajera. Un bajo gruñido se enroscó en mi garganta—pero no subió.

En cambio, una sorprendente calma me invadió. El ritmo del cepillo a través de mi pelaje era reconfortante, sus dedos firmes incluso cuando su aliento titubeaba por el cansancio. Sin miedo. Sin dominación. Solo cuidado.

"No eres tan aterrador como quieres que la gente crea," susurró con una risa suave.

Cerré los ojos, la tensión en mis músculos se fue desvaneciendo. El mundo me había enseñado que los humanos traían dolor, miedo y traición.

Pero este... este humano... me estaba enseñando algo completamente diferente.

5
PROTECTOR

La noche estaba tranquila pero no silenciosa. Fuera, el bosque susurraba con los sonidos de la vida nocturna. Dentro, el calor de la pequeña casa me envolvía—una comodidad que nunca pensé asociar con una morada humana.

Mis piernas se habían vuelto más fuertes. Los dolores persistentes eran ahora un recuerdo lejano. Había probado mi peso en silencio durante días, con cautela, sin querer alarmarla.

Esta noche, me mudé.

Me levanté lentamente de mi lugar junto a la chimenea, teniendo cuidado de no perturbar las suaves mantas que ella había extendido para mí. Mis patas no hicieron ningún sonido al presionar contra las desgastadas tablas del suelo.

Me detuve en la puerta del dormitorio.

Isadora dormía acurrucada bajo una delgada manta. La luz de la luna se derramaba sobre su rostro, resaltando las suaves ondas de su cabello castaño claro que caían sobre la almohada. Sus ojos color caramelo estaban cerrados en una expresión pacífica que rara vez veía durante las horas de vigilia. Sombras subrayaban sus ojos—sombras ganadas por el agotamiento, los turnos largos y las preocupaciones que nunca mencionó en voz alta.

Sus rasgos eran simples pero hermosos, incluso ahora. Vulnerable.

Observé un momento más, luego me deslicé hacia el resto de la casa.

El espacio era pequeño, pero estaba lleno de su esencia. Las hierbas colgaban secándose junto a la ventana. El aroma de los libros viejos se mezclaba con la huella siempre presente de las flores silvestres que se aferraban a sus pertenencias.

Exploré en silencio, observando los muebles sencillos. La mesa del comedor estaba desordenada con correo sin abrir, un par de tazas agrietadas y un tazón de cerámica astillado medio lleno de monedas y llaves.

Con el tiempo, había aprendido sus patrones.

Trabajaba turnos largos y en horarios extraños. Cuando regresaba, su olor siempre estaba impregnado de grasa y aceite de cocina—una clara señal de alguien que trabaja en un restaurante o cadena de comida.

Sin embargo, no importaba lo cansada que se viera, no importaba lo tarde que fuera, sus ojos se iluminaban en el instante en que me veía.

Cada noche, dejaba su bolso y lo que fuera que llevara sobre la mesa del comedor. Luego se arrodillaba a mi lado, sonreía ampliamente y me rascaba suavemente detrás de las orejas.

"Hola, guapo. ¿Me extrañas?" diría ella.

Su alegría parecía genuina, como si verme fuera el punto culminante de su día.

Me consentía—sin dudarlo. Golosinas, carne fresca, cualquier cosa que pudiera permitirse. Noté que sus comidas eran a menudo simples. Sopa enlatada, fideos en caja o comida para llevar barata. Pero para mí, ella siempre encontraba lo mejor.

Una vez alimentada y vestida con ropa cómoda, se acomodaba a mi lado. Siempre con un libro en la mano. Los títulos variaban: algunas veces fantasía, otras veces romance histórico. Tenía la costumbre de leer en voz alta breves pasajes, como si compartiera las historias conmigo.

Y poco a poco, hablar conmigo se había convertido en un hábito.

"Sabes," dijo una noche, con las piernas recogidas debajo de ella, "Anthuan piensa que estoy loca. Tenerte aquí. Confiando en ti. Pero no puedo explicarlo... Siento que me entiendes de una manera que nadie más lo hace."

Escuché, con la cabeza apoyada en mis patas, los ojos entrecerrados. Mis instintos me decían que no me encariñara. No difuminar la línea entre criatura y cuidador.

Pero los instintos estaban perdiendo la batalla.

Su voz llenaba el espacio entre nosotros noche tras noche. Me habló de su infancia con Anthuan. Sus sueños antes de que la vida se llenara de responsabilidades. Su amor por los animales, por las noches tranquilas y las historias antiguas.

Ya no solo la estaba observando.

Estaba conociéndola.

Y cada día, el odio que una vez me definió se deshacía un poco más.

Pero no podía ignorar la verdad para siempre.

Una noche, cuando la casa se había quedado en silencio y los suaves suspiros de Isadora provenían del dormitorio, me aventuré más lejos que antes. Más allá de la sala de estar. Por el pasillo estrecho. Mis garras hicieron clic suavemente en las tablas del suelo mientras me acercaba a la puerta del baño, que ella siempre dejaba entreabierta.

El espejo sobre el lavabo reflejaba mi forma de lobo. Fuerte. Completo. Pero incompleto.

Cerré los ojos y profundicé en mí mismo. Buscando esa conexión—el lazo con mi forma humana. El puente que una vez crucé tan fácilmente.

No sentí nada.

Gruñendo bajo, lo intenté de nuevo. Imaginé mis manos, mi voz, mi cara. Deseé que el cambio comenzara.

La agonía me atravesó. Mis huesos temblaban bajo el pelaje y la carne. Por un momento, la sensación de cambio se agitó, como una chispa amenazando con prenderse en llamas.

Luego se murió.

Me desplomé sobre el frío suelo de baldosas, jadeando. Mis garras rasguñaron la cerámica con frustración.

"Maldita sea," gruñí entre dientes, un sonido que solo yo podía entender.

¿Terminaría así? ¿Se suponía que iba a quedarme así para siempre? ¿Una criatura atada a instintos, incapaz de recuperar al hombre que una vez fui?

La elección lógica susurró en mi mente: Vete. Vete antes de que sea demasiado tarde. Antes de lastimarla. Antes de que te encariñes demasiado.

Pero cuando me volví hacia la puerta, listo para deslizarme hacia las sombras del bosque más allá, una imagen me detuvo.

Su cara.

La suave sonrisa de Isadora cuando regresaba a casa cada noche. La alegría en sus ojos color caramelo cuando me saludaba. La forma en que su cansancio parecía desvanecerse en el momento en que nuestros ojos se encontraron.

Si me fuera ahora, ¿me buscaría? ¿Se preocuparía? ¿Se preguntaría si había hecho algo mal?

Un dolor agudo perforó más profundo que cualquier herida física. Había perdido muchas cosas antes. Familia. Amigos. Confianza. Pero la idea de dejarla—abandonarla—se sentía como una nueva traición que no podía soportar.

Cobarde.

Regresé a la sala, acomodándome en la manta que ella había preparado para mí. Al recostar la cabeza, su aroma me envolvió, calmando la tempestad interior.

Por ahora... me quedaría.

Los días que siguieron se convirtieron en una extraña y silenciosa rutina que nunca imaginé aceptar.

Cuando Isadora llegaba a casa cada noche, me encontraba levantándome para saludarla antes de siquiera pensarlo. Mi cola—traicionera—comenzó a moverme con cada clic de la cerradura y el chirrido de la puerta. Maldije entre dientes en mi mente, reprendiéndome por tal muestra patética de domesticación.

Sin embargo, cuando me veía, toda su cara se iluminaba.

"¡Oh!" "¡Mira qué lindo!" chillaría de alegría, lanzando sus cosas sobre la mesa y corriendo hacia mi. "¿Me extrañaste, verdad?"

Antes de que pudiera prepararme, ella me rodeaba el cuello con los brazos y presionaba su cara contra mi pelaje. "Buen chico. Eres un buen chico."

Quería gruñir. Apartarme. Pero la calidez de su abrazo se había convertido en algo que ya no podía resistir.

Tonto, pensé. No eres un perro doméstico.

Pero la cola moviéndose siempre me delataba.

***

Una noche particularmente fría, después de que me había alimentado y comido su habitual cena barata, noté algo inquietante. Mientras se acomodaba en la cama, la delgada manta que se echó sobre sí misma apenas era suficiente para ahuyentar el frío. Su cuerpo temblaba debajo de ella.

Miré hacia atrás el nido de mantas y suaves sábanas que había preparado para mí junto a la chimenea—sin duda, las mejores sábanas que poseía.

Ella me había dado lo mejor.

Y se guardó lo peor para ella misma.

Durante varios minutos, yacía allí, desgarrado entre el orgullo y el instinto.

Entonces ganó el instinto.

Silencioso como una sombra, caminé por el pasillo. Ella se movió ligeramente mientras empujaba la puerta del dormitorio con mi hocico.

"¿Iskandar?" murmuró somnolienta.

Vacilé. Esto era una tontería. Peligroso. Imprudente.

Pero la vista de ella temblando bajo la manta raída rompió cualquier terquedad que me quedaba.

Con pasos deliberados, subí a la cama y me acurruqué a su lado. Mi cuerpo más corpulento se presionó contra su espalda, mi pelaje atrapando el calor entre nosotros.

"Solo para mantenerte caliente", me dije en silencio. "Eso es todo."

Pero en el fondo, sabía la verdad.

Me gustaba su compañía. Me gustaba su cercanía. Y por una vez en mi larga y maldita vida, no quería estar solo.

Suspiró suavemente y se apoyó en mí; sus temblores cesaron casi de inmediato. "Gracias", susurró, sin estar completamente despierta.

Cerré los ojos, preparado para quedarme quieto hasta que ella volviera a dormirse por completo.

Pero luego se movió de nuevo.

Lentamente, con la confianza que solo un sueño profundo podía otorgar, Isadora se giró hacia mí. Sus brazos se envolvieron suavemente alrededor de mi cuello ancho, su rostro se acurrucó en el espeso pelaje de mi pecho. Me tensé instintivamente al principio—entrenado por años de soledad para rechazar la cercanía.

Pero el aroma de su cabello, el suave vaivén de su respiración derritió mi resistencia. Mis músculos se relajaron.

Suspiró con satisfacción, la tensión abandonando su cuerpo como si mi presencia hubiera ahuyentado no solo el frío, sino también el peso de las cargas que atormentaban sus horas de vigilia.

Entonces, en un suave murmullo apenas audible sobre el tranquilo zumbido de la noche, susurró: "Eres lo mejor que me ha pasado, Iskandar."

Las palabras golpearon más profundo que cualquier herida que hubiera sufrido.

Tragué con dificultad—aunque ella no pudiera verlo. Ella no sabría que esas simples y somnolientas palabras deshicieron lo poco que quedaba de mis barreras.

El lobo en mí instaba a la retirada. Advertido de que esto era peligroso, que dejar entrar a un humano en mi corazón era un camino hacia el dolor.

Pero no me moví.

No pude.

Porque en ese momento frágil y desprotegido, me di cuenta de algo aterrador.

No quería ser solo su protector.

Quería quedarme.

6
TRANSFORMACIÓN

Era tarde cuando regresó.

Capté su olor antes de que cruzara el umbral—un perfume barato que enmascaraba el sudor y el fuerte hedor a alcohol. El hedor de dominación y rabia se le pegaba como una segunda piel. Mi labio se retorció instintivamente.

Freddy.

El hombre del que había hablado, pero a quien nunca había encontrado del todo. Hasta ahora.

La puerta principal se abrió de golpe sin previo aviso. Botas pesadas resonaron al pisar los desgastados tablones del suelo. Un hombre bajo y robusto con una pequeña barba sin afeitar y cabello negro desordenado llenaba el umbral de la puerta. Su barriga presionaba contra los botones de su chaqueta. Sus ojos—oscuros y inyectados en sangre—exploraron la habitación con la expectativa de ser recibido como realeza.

Pero en lugar de encontrar la cena esperándolo en la mesa y a Isadora corriendo a recibirlo, la encontró recostada en el suelo junto a mí. Un libro abierto en su regazo. Sus ojos color caramelo brillaban de risa mientras me leía en voz alta.

La expresión de Freddy se oscureció al instante.

"¿Qué demonios es esto?" gruñó, gesticulando con furia.

La sonrisa de Isadora se desvaneció. "Freddy, llegaste temprano." Yo—

¡Claro que sí, estoy en casa temprano! ¿Y qué encuentro? Sin comida. Sin saludo. Solo tú riéndote como un tonto con un lobo.

Se abalanzó hacia nosotros, sus botas resonando y pesadas. Mis músculos se tensaron. El instinto gritaba para levantarse, para gruñir, para defenderse.

"Freddy, por favor," Isadora se levantó rápidamente, con las manos levantadas. "No es lo que piensas. Todavía se está recuperando. Solo estaba—"

"No me importa un carajo lo que estabas haciendo," espetó, con la voz arrastrada por la bebida. "Has estado escondiéndome a esta bestia durante semanas. Alimentándolo. Dejarlo dormir en la casa. ¿Estás loca?"

Me señaló con un dedo tembloroso y carnoso. "Esa cosa se va. Esta noche."

Me levanté lentamente hasta alcanzar mi altura máxima, el pelaje erizado, las orejas pegadas hacia atrás. Mi cola en alto, no en sumisión sino en advertencia.

"¡Freddy, por favor!" Isadora se interpuso entre nosotros, presionando sus manos contra su pecho. "No es peligroso. Lo prometo."

"¿No es peligroso?" La mano de Freddy se lanzó.

El crujido resonó en la pequeña casa.

Isadora retrocedió, una mano volando hacia su mejilla enrojecida.

Algo dentro de mí se rompió.

Me lancé hacia adelante, un gruñido profundo y gutural desgarrando mi garganta. Mis dientes expuestos por completo por primera vez desde el ataque en el bosque.

Freddy retrocedió tambaleándose por sorpresa. Sus ojos, inyectados en sangre y entrecerrados, se abrieron de repente con miedo. "¡Aleja a ese monstruo de mí!"

Pero no me iba a mover de nuevo.

Me posicioné firmemente entre él e Isadora, con todo mi cuerpo rígido, listo para atacar si se atrevía a levantarle la mano otra vez.

Freddy no se movió.

No entendía que el lobo frente a él no era solo un animal. No era su mascota. No era dócil.

Yo era un guardián.

Y acababa de cruzar una línea de la que se arrepentiría.

—

En ese momento, cualquier odio que alguna vez sentí hacia la humanidad había encontrado un nuevo y singular enfoque.

No solo no me gustaba Freddy.

Lo odiaba.

La sorpresa de Freddy fue efímera. La rabia la reemplazó, oscura y sofocante. "No te atrevas a gruñirme," siseó.

Le agarró el brazo a Isadora, tirándola con fuerza contra él. Ella gritó, su mano libre arañando su chaqueta. "¡Freddy, suéltame! ¡Me estás haciendo daño!"

Mi gruñido se intensificó, los dientes al descubierto en una promesa silenciosa. Suéltala—o sufrirás.

"¡Dije que te calles!" Freddy rugió, sacudiéndola bruscamente. "Esto es lo que pasa cuando no escuchas. Cuando guardas secretos."

Isadora intentó zafarse, pero Freddy apretó su agarre. Dedos que dejaban marcas se hundieron en la carne blanda de su parte superior del brazo. Sus ojos se encontraron con los míos por encima de su hombro—grandes, asustados, suplicantes en silencio.

Esa fue la última restricción que tuve.

Me lancé hacia adelante, colocándome justo entre ellos, con los labios curvados sobre dientes afilados. El rostro de Freddy palideció.

"¡Retrocede!" escupió, soltando a Isadora con un empujón que la hizo tambalear hacia atrás y chocar con la mesa.

Luego, moviéndose más rápido de lo esperado para un hombre de su tamaño, Freddy metió la mano en su bolsa de deporte cerca de la puerta.

Sacó un arma.

Metal frío. Negro. Pesado.

El clic del seguro al desactivarse fue ensordecedor.

"Debería haber hecho esto en el momento en que entré," Freddy se burló, apuntando el cañón hacia mí. "Ya me cansé de jugar."

Isadora jadeó. "¡Freddy, no! ¡Por favor, no!"

Ella corrió hacia él, agarrando su brazo. "¡Para esto! ¡No ha hecho nada!"

"¡Suéltame, mujer!" Freddy gruñó, empujándola a un lado. Pero ella se aferró a su muñeca desesperadamente, tratando de bajar el arma.

La escena se grabó en mi mente. Isadora—frágil, obstinada, valiente—arriesgándose para protegerme.

Algo dentro de mí se rompió. No con rabia.

Con propósito.

El cambio se agitó—violento, agonizante, innegable. Mis huesos se retorcieron. Los músculos se estiraron, la piel se rasgó y se reformó. Por un breve momento, sentí como si me estuvieran desgarrando y reconstruyendo al mismo tiempo.

Mi visión se nubló.

Isadora gritó mientras Freddy la empujaba al suelo y apuntaba con la pistola hacia ella.

No.

El tiempo se detuvo.

Me lancé hacia adelante del humano. Carne, no pelaje. Desnudo pero poderoso. Agarré la muñeca de Freddy justo cuando apretó el gatillo.

El disparo resonó. La bala se estrelló contra el techo.

Los ojos de Freddy se abrieron de par en par en susto mientras me miraba—ya no el lobo que había intentado dominar, sino un hombre. Piel bronceada surcada por los restos de la transformación, cabello negro desordenado cayendo sobre ojos avellana penetrantes que ardían con furia.

"Nunca volverás a tocarla," gruñí, con la voz baja y fría.

Por primera vez, Freddy parecía verdaderamente asustado.

Pero el miedo pronto se convirtió en furia. "¡Eres—!" escupió, con los ojos desorbitados. "Eres una abominación. Un cambiaformas. Uno de esos monstruos de los que los cazadores siempre advierten."

Intentó zafarse, pero mi agarre era de hierro. Me arañó con la mano libre, los puños golpeando mi pecho desnudo con una fuerza patética.

Ni siquiera parpadeé.

"¡Déjame ir! Los llamaré. Llamaré a los cazadores—"

Se retorció, intentando alcanzar su teléfono del bolso de viaje.

Me moví más rápido.

Mi otra mano se disparó, estrellando el teléfono contra el suelo donde se hizo añicos al impactar.

La respiración de Freddy se volvió entrecortada. La desesperación se le pegaba como el sudor. "No puedes matarme," jadeó. "Los cazadores te encontrarán. También la encontrarán a ella."

"¡Para!" Isadora gritó, con la voz quebrada. Corrió a mi lado, sus pequeñas manos presionando contra mi brazo. "Por favor, Iskandar. No lo mates."

Su toque me ancló. El fuego de la adrenalina rugía en mis venas, pero su presencia me devolvió al borde.

Lo miré fijamente a Freddy, mi voz un bajo y peligroso retumbar. "Puedes irte. O puedes morir aquí. Tu elección."

La mirada de Freddy saltó entre nosotros. Se burló, pero el terror en sus ojos lo delató. "Esto no ha terminado."

Tropezó hacia atrás, casi cayendo sobre el marco de la puerta antes de salir corriendo hacia la noche.

Durante varios largos momentos, solo el sonido de la respiración de Isadora llenó el espacio entre nosotros.

Mi cuerpo temblaba—no por miedo, sino por la pura fuerza de la transformación y la adrenalina que aún corría por mis venas.

Lentamente, me giré para enfrentarla.

Sus ojos color caramelo estaban muy abiertos, los labios separados por el asombro. Ella dio un paso atrás, pero no corrió.

Ella no gritó.

No me miró como a un monstruo.

Me arrodillé, agarrando una de las mantas del sofá y colocándola suavemente sobre sus hombros.

Pero fue ella quien rompió el silencio primero. Un rubor se apoderó de sus mejillas mientras sus ojos bajaban la mirada.

"Quizás deberías ponerte algo de ropa tu", susurró.

Su intento de humor—frágil, nervioso—rompió la pesada tensión.

Logré soltar una risa tenue y áspera. "Claro."

Me tendió la manta. Me quedé allí; la manta ahora sobre mí como si pudiera protegerme de la enormidad de lo que acababa de suceder.

"Tú—" comenzó, con la voz temblorosa. "Sabía... que no eras solo un lobo."

Asentí lentamente. "No."

Se mordió el labio, buscando mis ojos. "Todo este tiempo... sabía que había algo diferente. Pero pensé... tal vez solo lo estaba imaginando."

"No lo estabas."

El miedo que esperaba—temía—nunca apareció completamente en sus ojos. Había sorpresa. Confusión. Pero debajo de eso, la misma calidez obstinada que me había atraído a ella desde el principio.

"Me has salvado," susurró. "De nuevo."

"Y seguiré salvándote," dije, con la voz ronca. "Si me dejas."

Su respiración se entrecortó. Ella levantó la mano, los dedos rozando suavemente mi mandíbula. "Ya lo hicistes. Mucho antes de esta noche."

El peso del momento se asentó entre nosotros. Mis instintos me decían que me alejara. Para protegerla del peligro que había traído a su vida. Pero mi corazón—una parte de mí que pensé se había marchitado hace mucho tiempo—se negó.

"Nunca quise que esto sucediera así," admití, las palabras sabiendo extrañas en mi lengua. "Quería decírtelo. Pero yo... no pensé que aceptarías lo que soy."

"¿Crees que después de todo, te rechazaría?" Ella sacudió la cabeza, con los ojos brillando. "Iskandar, me has estado protegiendo desde el momento en que te encontré. Nunca has sido el peligro en mi vida. Freddy lo fue."

Su confianza—su creencia—era más aterradora que las amenazas de Freddy, más humillante que cualquier herida que hubiera soportado.

Tragué con dificultad. "Me quedaré. Si quieres que lo haga."

Isadora sonrió suavemente, con lágrimas aferrándose a sus pestañas. "Quiero que te quedes."

Y por primera vez desde que mi mundo se había desmoronado, ya no me sentía como una criatura maldita a vagar sola.

Me sentí... en casa.

***

En los días que siguieron, me adapté a la vida como hombre una vez más—no porque tuviera que hacerlo.
Porque quería. Por ella.

Los primeros días fueron incómodos, por decir lo menos. La ropa fue un desafío—Isadora tuvo que hurgar en cada cajón de repuesto para encontrar algo que pudiera servir hasta que Anthuan, a regañadientes, me prestó algunas prendas del armario de su primo mayor y más grande. Los zapatos apretaban. Los jeans eran demasiado cortos. Pero lo soporté todo por ella.

La parte más difícil no fue adaptarse de nuevo al mundo humano. Era explicarlo.

Cuando Isadora finalmente reunió el valor para decírselo a Anthuan, lo llamó a la casa. Llegó esperando un animal enfermo, no a un hombre sin camiseta parado torpemente en la esquina con una manta alrededor de los hombros.

Anthuan se congeló en la puerta, con una bolsa de compras en una mano, las gafas deslizándose hasta la mitad de su nariz. Sus ojos azules y agudos parpadearon rápidamente mientras nos miraba entre nosotros.

"Este es... Iskandar," dijo Isadora en voz baja, mordiéndose el labio inferior.

Anthuan la miró. Luego a mí. Luego de nuevo hacia ella. Su mirada recorrió lentamente mi alta figura, tomando en cuenta las cicatrices, los hombros anchos, el cabello negro despeinado y los ojos avellana que una vez lo miraron con furia desde el rostro de un lobo.

Colocó la bolsa de compras con cuidado—casi reverentemente. "Isadora... perdona que pregunte, pero..." Se ajustó las gafas. ¿Dónde exactamente puedo encontrar más lobos como este?"

Isadora parpadeó. "¿Qué?"

Anthuan cruzó los brazos, sonriendo con desdén. "He estado ayudándote a rescatar animales callejeros durante años. Y ni una sola vez se ha convertido en un hombre ridículamente guapo."

Isadora se sonrojó intensamente. "¡Anthuan!"

Luché contra el impulso de sonreír con desdén. La tensión que había anudado mis hombros desde aquella noche se alivió ligeramente.

Anthuan se puso serio, su burla se desvaneció en una genuina curiosidad. "Entonces... eres un cambiaformas." Eso lo explica todo. La curación, la inteligencia, el tamaño." Su mirada se agudizó. "Y la protección."

Asentí una vez. "Si."

Exhaló lentamente, pasándose una mano por el cabello rubio ceniza. "Bueno, demonios. Eso definitivamente es un primer. Pero…" Sus ojos se suavizaron al posarse en Isadora. "Si alguien iba a acoger a una bestia-hombre y civilizarla, serías tú." Ella sonrió, con los ojos brillantes. "No lo civilicé. Él eligió quedarse."

Anthuan sonrió, luego me lanzó una mirada de advertencia. "Bien. Porque si le haces daño—aunque sea como humano—llamaré a todos los cazadores del condado. No pienses que no lo haré."

"No tengo ninguna intención de hacerle daño," dije firmemente.

Anthuan asintió satisfecho. "Entonces nos llevaremos muy bien."

El habla humana se sentía pesada en mi lengua después de tanto tiempo en silencio.

Pero la suave risa de Isadora lo hacía más fácil.

Me quedé cerca, nunca alejándome mucho de su lado. Cuando ella iba a trabajar, la acompañaba, quedándome cerca sin interferir. Nunca había pedido un protector, pero de todos modos me convertí en uno. Observando. Custodiando. Asegurándose de que ninguna sombra o extraño amenazara la paz que había construido con tanto esfuerzo.

Los lugareños pensaban que yo era su primo, recién llegado. Anthuan sonrió con complicidad, pero siguió el juego, asegurándose de que no se corrieran rumores.

Freddy había desaparecido. Dudaba que se arriesgara a regresar—especialmente ahora que entendía lo que era. Pero me mantuve alerta.

Las noches eran las mejores. Regresamos a casa juntos. La chimenea crepitaba, proyectando una luz dorada por toda la acogedora sala de estar. Cocinaba comidas sencillas, a veces leyendo en voz alta como solía hacer antes. Pero ahora podía responder. Reír. Burlar.

Compartíamos el sofá, a veces diciendo poco, a veces hablando hasta el amanecer.

Una noche en particular, el viento aullaba afuera. La temperatura había bajado drásticamente, con escarcha aferrándose a los bordes de la ventana.

Isadora nos envolvió con una manta amplia y me acercó a ella. "Sabes," susurró, con la cabeza apoyada en mi pecho, "esto era más fácil cuando estabas cubierto de pelo."
Sonreí, presionando un beso en su sien. "Creo que te gusto más así."

Ella se rió. "Quizás."

Nos sentamos en un silencio cómodo, las llamas reflejándose en sus ojos color caramelo.

Le levanté suavemente la barbilla, con nuestros rostros a pocos centímetros de distancia. "Me salvaste mucho antes de que yo te salvara a ti."
Su aliento se mezclaba con el mío, cálido e irregular.

"Entonces tal vez sea hora de que me dejes seguir haciéndolo."

La vulnerabilidad en su voz golpeó algo crudo y profundo dentro de mí. No solo estaba ofreciendo consuelo—nos estaba ofreciendo a nosotros. Una oportunidad que ninguno de los dos se había atrevido a imaginar antes.

Le acaricié el rostro con suavidad, mi pulgar trazando la suave curva de su mejilla. Su piel estaba cálida bajo mi toque, sus ojos buscaban los míos no con miedo o incertidumbre, sino con una confianza tranquila y firme.

—

Lentamente, cerré la distancia entre nosotros. Nuestros labios se rozaron en un toque ligero como una pluma que envió una descarga por cada nervio de mi cuerpo. Se inclinó hacia mí, la tensión entre nosotros se desvanecía.

El segundo beso se profundizó—lento, deliberado, como si ambos estuviéramos saboreando el momento hacia el cual inconscientemente habíamos estado avanzando desde la noche en que ella arrastró mi cuerpo roto a su coche.

Sus manos se deslizaron hasta mis hombros, los dedos aferrándose a la tela de mi camisa como si temiera que pudiera desvanecerme. Pero no iba a ir a ninguna parte. No ahora. Nunca.

Mi brazo rodeó su cintura, acercándola hasta que no quedó espacio entre nosotros, solo aliento compartido y el latido rápido de nuestros corazones.

El beso no fue solo pasión.

Era una promesa.

Una rendición.

Un comienzo.

Mientras el fuego nos calentaba, me di cuenta de la verdad que había luchado tanto por negar.

No todos los humanos eran iguales.

Algunos... lo valían todo.

FIN

Puerto Rico es conocido por su vibrante cultura, sus impresionantes playas y su rica historia. Pero debajo de la belleza se encuentra una crisis creciente: el aumento de la población de perros y gatos callejeros.

Miles de animales callejeros—frecuentemente llamados satos—y innumerables gatos vagan por las calles, playas y bosques de Puerto Rico. Muchos han sido abandonados, descuidados o nacidos en una vida sin refugio ni cuidado. Enfrentan luchas diarias: hambre, enfermedad, abuso y los elementos adversos.

A pesar de los desafíos, innumerables organizaciones de rescate y personas compasivas trabajan incansablemente para ayudar. Grupos como Save a Gato, Fundación por los Animales y voluntarios locales dedican su tiempo y recursos a rescatar, rehabilitar y reubicar a estos animales vulnerables. Su trabajo es un testimonio de la bondad humana y de la creencia de que toda vida, sin importar cuán pequeña o sin voz, merece dignidad y amor.

Pero la concienciación es tan importante como la acción. Los animales callejeros no son solo "un problema de otros." Reflejan una necesidad mayor de tenencia responsable de mascotas, programas accesibles de esterilización/castración y educación comunitaria.

Si ves a un animal callejero en necesidad:

Contacta a un grupo de rescate local para obtener orientación.

Proporcione agua y comida si es seguro hacerlo.

Aboga por políticas más estrictas de bienestar animal.

Juntos, podemos cambiar la narrativa para los animales callejeros de Puerto Rico—de abandono a esperanza. Cada acto de compasión cuenta.

Porque salvar una vida puede no cambiar el mundo, pero por esa vida, el mundo cambiará para siempre.

AGRADECIMIENTOS

Esta historia nació una tarde tranquila después de bañar a mis perros—ambos rescatados—y ver lo genuinamente felices, seguros y amados que están ahora. Ese momento me recordó cuántos animales siguen ahí afuera, esperando un poco de bondad. Como alguien que ama leer y escribir romance y fantasía, quería tomar esa pasión y usarla para decir algo más. Este cuento corto es mi manera de dar voz a aquellos que no pueden hablar por sí mismos. Los animales callejeros, especialmente en lugares como Puerto Rico, a menudo sufren debido a la negligencia humana. No eligieron ser abandonados o olvidados, pero nosotros podemos elegir ayudar. A través de esta historia, espero compartir un mensaje de compasión, sanación y el tipo de amor que puede cambiar vidas—tanto humanas como animales.

Un agradecimiento sincero a los amigos y rescatistas que apoyan esta misión, especialmente a Rosana Miranda y al increíble equipo de I Love Dogs Inc. Su dedicación inspira cada palabra de esta historia.

SOBRE LA AUTORA

Yaniliz Negrón, originaria de San Juan, Puerto Rico, descubrió su amor por la lectura y la escritura a través de los libros de Harry Potter, que también le ayudaron a aprender inglés. Fluida tanto en español como en inglés, Yaniliz siempre ha disfrutado imaginando ideas locas y explorando los "y si" de la vida cotidiana. Su viaje de escritura comenzó con fanfics, que eventualmente evolucionaron en historias originales. Actualmente, está trabajando en nuevas ideas y creando su multiverso. Estudió Diseño Gráfico y Diseño de Juegos en Atlantic College. Vive en San Juan con su esposo, dos hijos, dos perros y siete gatos. Le encanta compartir sus mundos e ideas con los demás. Síguela en las redes sociales.

Instagram: @lbynegron
@lilizblack